KB181864

한국 희곡 명작선 44

내 인생에 백태클

강 준

평민사

상준

내 인생에 백태클

등장인물

공달국
황금순 – 처
공성우 – 아들
공명지 – 딸
민정수 – 명지의 약혼자, 신문사 기자
유명혜 – 정치컨설팅회사 팀장
장 국장 – 친구. 신문사 국장
안태호 – 정체불명의 남자
여자 – 파출부, 여직원, 코디, 의사 등 다역
남자 – 웨이터, 취객, 친족회장 등 다역

때

현재

곳

수도권의 어느 도시

무대

가변 회전 무대.
공달국의 집 거실, 사무실, 방송 스튜디오, 호텔, 병원 등

제1장

토요일 아침이다.

경쾌한 음악(트로트)과 함께 무대 밝아지면 공달국 집 거실.

젊은 파출부 연화가 노래를 따라 부르며 막대 걸레를 들고 청소하고 있다.

초인종이 울린다. 연화 달려가 비디오폰 화면을 들여다보고 버튼을 누른다.

연화   어머. (안을 향하여) 사모님, 언니 왔어요.

금순   (안에서) 알았다.

잠시 후, 현관문이 열리며 명지 들어온다.

파출부, 플레이어의 노래를 끄며 반갑게 맞이한다.

그는 조선족으로 한국말이 서툴다.

연화   (호들갑스럽게) 어머 어머 어머. 눈이 부어서 못 보겠어요.

명지   왜 그래?

연화   언니 얼굴에서 빛이 나와요.

명지   (웃으며) 이럴 땐 눈이 부은 게 아니라 눈이 부시다고 하는 거야.

연화   언니 연애하는 거 맞죠?

명지	얘가 몇 달 안 보는 사이에 점쟁이가 다됐네.
연화	(좋아라하며) 맞지. 맞구나. 어떤 남자예요?
명지	촐랑대지 말고 기다려봐.
연화	(관심을 가지고) 언제? 아참! 가족회의 한다던데 그놈도 오늘 와요?
명지	(놀라며) 그놈?
연화	앗 실수. 그 님.
명지	(손가락으로 연화의 이마를 살짝 밀며) 그래 그분도 오신다. 요것아.
연화	야호. 오늘 재수가 좋다더니. 어떤 왕자님일까? 내 가슴이 다 떨리네.
금순	(화장 곱게 하고 안에서 나오며) 아침부터 웬 호들갑이야. 커피 내오고, 안방이나 좀 치워.
연화	(금세 샐쭉해 하며) 예. (청소기를 들고 안으로 들어간다.)
금순	(소파에 앉으며) 왔어? 여기 좀 앉아라.
명지	(앉으며) 아빠는?
금순	운동 나갔는데. (시계를 보며) 올 시간이 되었다.
명지	갑자기 휴일 아침에 호출이라니? 무슨 일 있어?
금순	명지야. 네 아빠 좀 말려라. 집안 거덜나게 생겼다.
명지	무슨 일인데?
금순	글쎄. 꼴에 선거에 나간단다.
명지	선거? 조합장 선거는 작년에 끝났잖아?
금순	그게 아니라 국회의원 선거.

명지	(놀라며) 아빠가?
금순	귀신에 홀려 정신 나간 거지. 가당키나 한 소리냐? 분수도 모르고. 여하튼 그거 때문에 성우도 불렀다.
명지	그래서 우리 정수 오빠도 오라고 했어.
금순	아니 가족회의 하는데 걔는 왜 불러?
명지	서로 바쁜데. 정식으로 인사시키려고. 엄마. 정수 씨는 가족이나 마찬가지잖아?
금순	누구 마음대로? 너 그 집안 몰라서? 가난뱅이에다 부친은 빨갱이 운동하다 죽었는데. 그놈의 새끼 불쌍해서 과외 선생 시켜주었더니 너랑 연애질만 했구나.
명지	우리 집안은 어떻고? 난 뭐 잘난 거 있어? 내게는 과분한 사람이야.
금순	네가 어때서? 요즘 인기 좋은 초등학교 선생이겠다. 엄마 닮아서 인물 받쳐주겠다. 그러니 가만있어. 사자 붙은 사위 알아보고 있으니.
명지	정수 씨는 신문 기자야. 청와대까지 다녀온 엘리트라구. 정치가하고 연줄도 많아요.
금순	이 녀석 아빨 말리랬더니 난 절대 반대다. 넌 어떠냐?
명지	(의아해 하며) 그만하면 우리 가문에 영광이지.
금순	선거 말이다.
명지	난 또. 아빠라고 못 할 게 뭐 있어? 이 만큼 벌었으면 사회 봉사할 수도 있지.
금순	어떻게 모은 재산인데. 되지도 않을 일을. 재산 말아먹

고 망신당할 게 뻔한데. 너 그놈과 결혼하고 싶으면 내 말 들어. 그렇지 않으면 결혼은 고사하고 재산 한 푼도 없다.

현관문이 열리면서 공달국과 성우가 들어온다.
성우의 손에는 한자 반 높이의 불상이 들려 있다.
공달국 휴대폰으로 통화를 하고 있다.
연화 커피를 들고 나와 탁자 위에 놓는다.

달국	그래. 그래 장 국장. 내 중요하게 논의할 일이 있으니 금명간 사무실로 들러주게. 그래, 그래 기다리겠네. (통화를 끝낸다)
명지	(일어나서 맞으며) 아빠. 저 왔어요.
달국	그래, 그래 우리 딸.
명지	오빠랑 어디 다녀오세요?
달국	아냐, 아냐 집 앞에서 만났다.
성우	오랜만이다. 어머니 그간 안녕하셨지요? (허리 굽혀 인사하는데 불상이 기우뚱한다)
금순	그래. 어서 오너라.
달국	(화들짝 놀라며) 어허 조심하지 않고. 거 천천히 탁자 위에 놓아라.
금순	그건 뭐야?
성우	(탁자 위에 놓으며) 아버지 보물이랍니다.

달국	(웃고 나서) 하하하. 날 살릴 신주단지. 이걸 정성드려 잘 모시면 만사형통한단다. 용하다는 보살한테서 구한 영물이니 함부로 하지 마라. (장식대를 가리키며) 저기가 좋겠다. 저기다 모실 테니 연화는 초와 향불을 준비해라. 그리고 내가 매일 아침 산에 가서 약수를 떠 올 테니 하루 세 번 깨끗한 그릇에 부어 올려라. 지성이면 감천이라 했다. 알겠지?
연화	예. 알겠습니다. 커피 내 올게요. (들어간다)
금순	이런 귀신 붙은 걸 어떻게 한마디 의논도 없이 집안으로 들여요?
달국	어허. 그런 망발을. 장군님 노하시겠다. (손을 모으고 허리를 굽혀 절하며) 하이고 장군님 죄송합니다. 노여움 푸시고 무지한 것들의 망발 용서하소서.

가족들 서로를 보며 어이없어 하는데 암전.

11

제2장

잠시 후.

불상은 장식대 가운데 모셔 놓았고, 탁자에는 커피잔과 과일 접시가 놓여 있다.

가족들은 각자의 위치에서 커피를 마시거나 과일을 먹고 있다.

달국 자 이제 우리 집안의 미래에 대해 의논을 하자. 우리 공씨 집안은 공자님 이래로 국가에 많은 공헌을 했다. 내 이름 달국도 나라의 소로문이 되라고 조부께서 지어주신 이름이지.

금순 서론이 너무 깁니다. 집안 내력 들춰내면 친일파 조상에 악덕 마름 이력 다 들통 납니다.

달국 이 사람이 초장부터 초 치고 있네. 당신은 가만 좀 있어. 가장이 하는 일에.

금순 바쁘니까 뜸 들이지 말고 본론만 말씀하라구.

달국 그래. 나 국회의원 하기로 했다.

성우 국회의원요?

명지 누가 시켜준대요?

달국 신통방통하게 맞추는 보살님이 틀림없이 된다고 했어.

금순 난 안 믿어. 내가 비밀리에 용하다는 점쟁이 찾아 사주를 봤는데 절대 남 앞에 나서지 말라고 합디다. 패가망

	신하고 무병장수에 지장 많다고. 난 절대 반대에요.
달국	이 사람이. 정말. 내 인생에 태클 걸 거야?
성우	전 적극 찬성합니다. 아버지가 이렇게 성공하신 것도 사회와 이웃의 도움 때문 아닙니까? 이제 사회를 위해 봉사해야죠. 제가 도울게요.
달국	그래. 내가 국회의원이 되면 마트를 명지에게 넘기고 넌 내 버스회사를 맡아라.
명지	전 학교 그만두지 않을 거예요.
달국	거 교사 봉급 몇 푼 되나?
명지	사람이 돈만으로 사는 건 아니잖아요?
달국	평양감사도 제 싫으면 그만이지.
성우	아버지. 전 중국 진출해 무역 사업하고 싶습니다. 당장 투자하면 대박 날 좋은 건이 생겼어요. 아버지. 하나밖에 없는 아들 좀 도와주십시오.
달국	넌 아직 멀었다. 좀 더 배워. 네 인생도 내 당락 여부에 달렸다.
성우	(아부하며) 어디 그게 아버지만의 영광이겠어요? 우리 집안 아니 공 씨 가문의 명예와 영광이 달린 문제지요.
달국	그래. 열심히 도와라. 내 당선 전엔 땡전 한 푼도 없다.
성우	엄마 돈 좀 빌려줘. 응? 이자 갚으면 되잖아?
금순	이놈아 고리대금이라고 아무한테나 돈 빌려주는 줄 알아? 되지도 않은 사업 한다면서 말아먹은 게 좀 적어. 누구 핏줄 아니랄까봐 사고 쳐서 바친 합의금이 집 두 채

는 샀겠다.

달국　이놈아. 마트 관리나 잘 해. 왜 뜬금없이 아버지 과거 이
　　　력 출장 나오게 만드냐?

성우　이번엔 틀림없어. 엄마. 아들 좀 믿으라고.

금순　차라리 돌부처를 믿지. 에그 나대지들 말고 좀 조용히
　　　삽시다.

명지　아빠가 꼭 나서야 될 이유가 뭐야?

달국　다 가문의 영광을 위해서다. 너희들은 모른다. 내가 그
　　　잘난 것 쥐뿔도 없는 놈들한테 얼마나 수모를 당했는지.
　　　알량한 권력을 쥐고 있는 놈들한테 가져다 바치고 뜯긴
　　　돈이 얼만지 알어? 아니꼽고 더러워서, 모두가 썩었어.
　　　엉뚱한 놈들도 도의원, 시의원 다 하는데 나라고 못할
　　　건 뭐야?

금순　당신 주제 파악 좀 하세요. 국회의원은 아무나 하는 줄
　　　알아? 당신 조상 잘 만나고 돈 잘 버는 마누라 만나서 호
　　　강한 거지. 당신이 내세울 게 뭔데? 선거에 나서면 사돈
　　　에 팔촌까지 신상 탈탈 털리는 것 몰라? 내게 돈 빌려 간
　　　놈들 악덕 사채업자라고 지랄할 테고 새벽 댓바람부터
　　　사람들 앞에 서서 굽신거려야 할 텐데. 난 그 짓 못해. 아
　　　니 안 해. 선거에 나서려면 이혼장에 도장 찍고 해. 난 절
　　　대 반대야. (일어서서 들어간다)

달국　어허 저 사람이. (명지에게) 명지야 넌 날 도와줄 거지?

명지　전 중립이에요. 애들 가르쳐야 해서 선거 운동도 못 도

와 드려요.

달국 글쎄 이참에 그만두래도.

명지의 휴대폰이 울린다.
명지 발신자를 확인하고 한쪽에 비켜서서 전화를 받는다.

성우 아버지. 저를 믿으세요. 제가 도울 게요. 잘 아는 선거 컨설팅 전문가가 있어요. 참 아버지 명혜 있잖아요. 고모 딸. 유명혜.

달국 명혜가 그런 일 전문이야?

성우 그럼요. 가끔 방송에도 나오는 유명 인사에요.

달국 (마뜩잖은 표정으로) 걔는 날 탐탁하게 생각 안 할 텐데?

성우 지난 일은 지난 일이고. 이건 사업이잖아요? 제가 잘 설득해서 돕도록 할게요.

달국 걔가 좋다면 어디 한번 맡겨보자.

성우 자 그럼 전 출동합니다.

성우 나가는데 비디오 폰에서 초인종이 울린다.

명지 (휴대폰을 접으며) 아빠, 정수 오빠 왔어요.

달국 정수? 아니 그놈이 여길 왜 와?

명지 왜라니요? 가까운 미래 우리 가족이잖아요?

달국 어디 사람이 없어서 그런 놈을? 안 돼.

현관에서 정장을 입고 쪽 빼어 차린 정수 선물을 들고 나타난다.

정수   안녕하세요?

달국   (돌아서며) 안녕 못하다. 여기가 어디라고 함부로 들어와?

정수   인사드리러 왔습니다. 아버님?

달국   (돌아서서 따지듯) 아버님? 내가 어째서 네 아버지야? 내가 그렇게 만만해 보여? 우리 집안 그렇게 우스워? 당장 나가!

명지   아빠 왜 그렇게 문전 박대해요. 정수오빠가 뭘 잘못했는데?

달국   도둑놈 심뽀지. 넌 저놈 집안에 대해서 모르냐? 저놈 조부는 독립운동을 하면서 우리 집안 친일파라고 떠들고 다녀서 얼마나 수모를 당했는데? 네놈 부친은 빨갱이 운동하다 두들겨 맞아 죽었지?

정수   (당당하게) 전 제 아버지가 부끄럽지 않습니다.

명지   (직설적으로 쏘아붙이는데 놀라며) 어머. 아빠! 집안 조상 내력이 무슨 소용이야?

달국   찢어지게 가난하게 사는 네 에미가 매달리기에 하도 불쌍해서 보듬어 준 것 알어?

정수   예, 제 모친이 가정부했다는 것 잘 압니다.

달국   그래도 고향 사람이라고 봐 준 거야.

정수   마음속에 언제나 새기고 있습니다.

명지   아빠, 오빠 내 가정교사였잖아?

달국   그런데 내 딸을 도둑질하려 해? 은혜를 원수로 갚는 거

	지. 출신 성분부터 다른 네가 가당키나 한 거야?
정수	개방 천지에 출신 성분이 그리 중요합니까?
달국	암 중요하지. 핏줄은 못 속여. 꼭 꼴값을 하거든.
명지	아빠, 정수 오빠 덕분에 나도 서울서 대학 나오고 교사 하고 있잖아요. 오빤 인정받는 엘리트 기자예요.
달국	시끄럽다. 남의 약점이나 뒤지고 다니는 기자가 무슨 대수냐? 기자 사위 필요 없다. 나한텐 권세와 명망 있는 집안이 필요해. 그러니 넌 여기서 썩 꺼져.
정수	전 절대 명지를 버릴 수 없습니다.
달국	버릴 수 없어? 이것 봐라. 네놈 집안 기질 나오는구만.
정수	뭐라 해도 전 명지 책임집니다.
달국	이 자식이 이거 말로 안 되겠구나. (골프채 쪽으로 간다)
명지	아빠. 나도 죽어도 정수 오빠랑 함께 살 거야.
달국	(골프채를 쥐어들고) 그래. 이 새끼야. 너 왕년의 공달국이 모르지?
명지	(막아서며) 아빠. 나 죽는 꼴 보려고 그래? 내가 아주 이 세상에서 꺼져 줄까?
달국	명지야. 아빠 앞에서 그 무슨 망발이야?
명지	그럼 난 어떻게 해? 나 임신했단 말이야.
달국	(놀라며) 뭐라고? 이것들이?

달국, 충격을 받고 정수를 노려보는데.

암전.

제3장

공달국의 사무실.
장 국장, 소파에 앉아 공달국의 말을 들으며 커피를 마시고 있다.
공달국은 머리가 한 움큼 빠져 있고 키도 작아졌다.

장국장 (공달국을 쳐다보며) 자네라고 못 할 거 없지. 헌데, 자네 마음고생이 아주 심한 모양이군.

달국 결단을 내리기 싫지 않았어.

장국장 아니. 그래도 그렇지. 며칠 안 보는 사이에 앞머리가 싹 날라 갔어.

달국 (머리를 만지며) 골머리 좀 앓았더니 한 움큼 빠져 버렸네.

장국장 머리만이 아닌데? 자네 일어서 보게?

달국 (일어서며) 왜 그러는가?

장국장 (옆에 가서 키를 맞추며) 자네는 고등학교 다닐 때부터 나보다 키 크다고 자랑했지. 헌데 보게. 나보다 작아지지 않았나?

달국 (놀라며) 어 이게 어찌 된 일이지? 자네가 더 자란 게 아니고?

장국장 난 고등학교 때 성장판이 멈춰서 그때 그대로야.

달국 아. 스트레스가 많아서 그래. 식구들마저 한마음이 돼 주지 않으니. 고명딸마저 내 등에 칼을 꽂았지 뭔가?

장국장	무슨 일인데?
달국	글쎄 곱게 키워놨더니. 어떤 거렁뱅이 놈팽이한테 결려 들었어.
장국장	민정수가 아니고?
달국	그래. 그 배은망덕한 빨갱이 아들 놈. 헌데 자네 그놈을 어찌 아는가?
장국장	대학 후배야. 동창회에서 동향 출신이라며 인사를 하더 군. 그때 민정수 기자는 청와대 출입을 나갈 때였으니 아주 장래가 창창한 청년이지. 그래 내 사위로 삼고 싶 어 따로 만났는데 명지가 얘길 하더라고. 헛물 켠 셈이 지. 놈팽이가 아니라 자네 횡재한 거야. 정치적인 꿈을 키우려면 그 친구 꽉 잡아야 하네. 청와대 연줄뿐 아니 라 내로라하는 정치인들 많이 알고 있을 테니까.
달국	(놀라며) 그런가?
장국장	요즘 언론 기자는 의사, 판검사 보다 한 수 위야. 언론 권 력이란 말 모르나? 재벌가들이 탐내는 사윗감이지. 그런 데 자네는 싫은가?
달국	싫다니. 명지가 날짜 잡아달라고 난리야. 그 민 서방 모 친이 환중이라 빨리 식을 올려야 한다고 말일세. 요즘 젊은 것들은 국가 시책에도 열심히 참여하나 봐.
장국장	무슨 소리야?
달국	미리 혼숫감을 마련해 놨더라고?
장국장	요즘 젊은이들 우리 때와는 달라. 모든 게 계획적이지.

왜 아파트라도 마련해 놓았어?

달국　아니. 손주를 마련해 놓았다구,

장국장　오. 이런 축하할 일이군, 자네 한턱 쏘아야겠네. 아들한 테서 손자를 못 얻어 걱정이더니 외손자를 얻게 됐군.

달국　그래 태어날 손자에게 자랑스런 할애비가 되기 위해서 라도 꼭 국회의원이 되고 말 거야.

장국장　가문의 전통 창조를 위해서 필승하세. (손을 내민다)

달국　(악수하며) 자네가 꼭 좀 도와주게.

장국장　그러고 보니 자네 참 운이 좋은 것 같군, 요즘 말이야. 암 행 감사가 떴다는 정보가 있어.

달국　암행 감사가 나와 무슨 상관인가?

장국장　감사가 하는 일이 행정을 감사하는 것만 아니라 지역의 일꾼들을 발굴하는 일을 하거든. 즉 인력 뱅크를 운영 한단 말이지. 거기에 들기만 하면 국회의원뿐만 아니라 장、차관이나 정부 산하 기관의 장이 될 수도 있거든.

달국　그래. 관광버스조합 전국 이사장이 되려고 해도 정치적 인 배경이 필요하다는 것쯤은 알지.

장국장　헌데 어제 안태호한테서 전화가 왔어.

달국　안태호?

장국장　S그룹 기획실 출신으로 당 전략부에 픽업되었다가 청와 대 근무하는 행정관이지. 좀 만나자고 말이야. 내가 그래 도 명색이 지방신문 국장이지만 돌아가는 사정은 누구 보다 잘 알거든. 그가 근무하는 부서로 봐서 암행 감사

반원일 확률이 높아. 만나면 자네를 인재 풀에 넣어주도록 요청할 거야.

달국　(몸이 달아) 나를 좀 만나게 해 주게.

장국장　자네가 큰 꿈을 꾸고 있는데 친구로서 여부가 있겠나? 비밀리에 자리를 만들어 보겠네.

달국　정치 자금 대라면 얼마든지 댈 수도 있어. (주머니에서 두툼한 돈 봉투를 꺼내 건네며) 그리고 이거 용돈으로 쓰게.

장국장　(받으며) 친구지간에 뭘 이런 걸?

달국　넣어둬. 일이 잘 되면 크게 후사하겠네.

인터폰이 울린다.

달국　(일어서며) 잠깐만. (인터폰을 받는다) 그래, 들여보내. (돌아오며) 성우가 왔다는군.

장국장　(일어서며) 그래 그럼. 난 가겠네. (악수하며) 그가 암행 반원이기를 기도하게.

달국　꼭 만나게 해줘.

장국장　시간 만들어 보겠네.

밖에서 성우와 유명혜 들어온다.
장 국장 나가다가 마주치자 성우가 인사한다.

성우　오랜만입니다. 건강하시죠?

장국장	(눈을 찡긋하며) 그래. 일 잘되고 있지? 나중에 또 보자. (나간다)
성우	예. 안녕히 가세요.
명혜	(달국에게 사무적으로) 안녕하세요?
달국	네가 명혜냐? 오랜만에 보니 못 알아보겠구나. 모친은 잘 있지?
명혜	아뇨. 투병 중입니다.
달국	저런. 부친도 일찍 병사하더니만. 안됐구나.
성우	(달국의 머리 빠진 모습 보고 놀라며) 아버지. 머리 일부러 밀었어요?
달국	(머리를 쓰다듬으며) 아니다. 속절없는 세월의 횡포를 누가 피하겠느냐?
성우	아니 며칠 사이에 이럴 수 있어요?
달국	신경 쓸 것 없다. 더 위엄 있고 좋잖느냐? 명혜야 안 그러냐?
명혜	(시큰둥하게) 예. 부티나게 보입니다. (소파에 앉아 가지고 온 서류를 펴며 사무적으로) 자 본론으로 들어가죠. 외삼촌, 선거를 저한테 의뢰하시면 공과 사는 엄격하게 구분하셔야 됩니다.
달국	그거야. 이해하지.
명혜	(서류를 건네며) 이건 저와 의뢰인 간의 계약서입니다. 서류를 잘 읽어 보시고 사인하세요. 공성우 님도 보증인으로 사인하시고요. 여기엔 선거 끝날 때까지 당락에 관계없

이 부담해야 될 액수가 적혀 있습니다. 물론 당선 사례금은 따로구요.

달국   (서류를 보나 안 보이는 듯 앞뒤로 당기며) 아이쿠. 이거 시력도 많이 나빠졌구만. (성우에게 건네며) 성우야 네가 보아라.

성우   전 이미 검토를 마쳤어요. 우선 다섯 개만 주시면 돼요.

달국   오백?

성우   어휴, 선거 나서는 사람이 이렇게 쫀쫀해서야. 우선 착수금 오천에, 공천 후 오천 당선 사례금 2천이에요.

달국   (놀라며) 뭐라고 오오천에 오천?

성우   아버지. 선거는 돈과 조직인 거 몰라요? 십억 아니 오십억 쓸 자신 없으면 아예 나서지 말아요.

달국   왜 이래. 나도 선거해 본 놈이야.

명혜   메뚜기도 한철이라고 때가 되니 정치 지망생들이 줄을 섰습니다. 저도 아무나 컨설팅하진 않아요. 성우가 부탁하니 핏줄도 당기고 허락한 겁니다.

달국   (선심 쓰듯 주머니에서 도장을 내주며) 좋다. 날인해라. 돈은 나중에 입금시키마.

명혜   아닙니다. 당장 입금시키셔야 계약이 성립됩니다. (명함을 주며) 여기 계좌번호 적혀 있습니다.

달국   (받아 성우에게 주며) 이거 김 양에게 입금하라고 해.

성우   (명함을 받고) 예. 알겠습니다. (밖으로 나간다)

달국   (성우의 뒷모습 보며 못 믿겠다는 듯 인터폰을 들고) 응. 가져간 명함 계좌로 오천만 원만 입금시켜.

명혜　(도장을 찍고 한통을 봉투에 담아 돌려주며) 자 계약이 성사되었
　　　습니다. 그럼 지금부터 컨설팅 안을 브리핑하겠습니다.
　　　이 플랜은 의뢰인의 아드님과 논의하고 만든 것입니다.

달국　빨라서 좋구만.

명혜　그리고 선거에 나서려면 사전 정지작업 과정이 필요합
　　　니다. (서류를 건네며) 여기 앞으로의 일정과 의뢰자님이 해
　　　야 할 일들을 정리해 놓았습니다. 사회봉사 단체에도 참
　　　여하시고 자선단체 기부도 좀 하시죠. 여론 조사를 대비
　　　해서 동창회, 친족회 등 널리 홍보도 해야 합니다. 그리
　　　고 제 유튜브 방송에도 출연하시고요.

달국　유튜브 방송?

성우　(어느새 들어와서) 예, 요즘 홍보에는 sns가 대세예요. '유명
　　　혜의 정치 안테나' 시청자가 30만이 넘어요. 정치권에서
　　　도 탐내는 인재에요.

달국　그래?

명혜　현대 선거는 이미지 선거니까 피부 관리나 의상 코디에도
　　　신경 쓰셔야 합니다. 담당자를 따로 소개해 드릴 게요.

달국　(결단을 내린 듯) 좋았어. (악수를 건네며) 명혜야 너만 믿는다.

명혜　(일어서서 악수하며) 국회 입성을 위해 최선을 다하겠습니다.

　　　무대, 어두워진다.

제4장

달국이 벽면 장식장에 모신 보살상 앞에서 정성스럽게 절을 한다.
그는 외출하려고 정장 차림이나 앞머리가 훌러덩 벗겨졌다.
키는 더 작아진 듯 바지를 치켜 입었으나 아랫단이 바닥을 질질
끈다.
명지와 정수 현관에서 들어오다 달국을 보고 놀란다.

명지   (유심히 살피며) 누구······ 세요?

달국   (명지와 정수를 허리 굽혀 한참 살피고 나서) 너도 시력이 안 좋
        은 거냐?

명지   아빠? 목소리는 분명 아빤데. (주변을 돌아 살피며) 아빠 도
        대체 이게 어떻게 된 일이에요? 지난주에 봤을 때는 멀
        쩡했었는데 머리는 대머리가 되었고 키는 아주 줄어들
        었어요.

달국   (소파에 앉으며) 자연의 섭리를 누가 막아. 민 기자 어서 오게.

정수   (인사하며) 안녕하세요?

명지   아니 오빠는 이런 상태가 안녕하다고 생각해? (눈물을 글
        썽이며) 아빠 도대체 무슨 짓을 한 거야? 세상에 별의별
        병도 다 있지. 아빠 선거고 뭐고 당장 그만 둬요. 다 그것
        때문이야.

달국   너 애비 성질 몰라서 그런 소리냐? 난 한번 한다면 목에

25

칼이 들어와도 끝장을 봐야 한다. 어디 나 혼자 부귀영화 누리자고 하는 일이냐? 다 공가 집안의 명예와 역사적 사명을 완수하기 위한 일이야. 너희들과 자손을 위한 일이란 말이다.

정수　(맞장구치며) 옳으신 말씀이십니다. 사내대장부라면 야망이 있어야지요. 저는 아버님의 꿈이 이루어지도록 성심을 다해 돕겠습니다.

명지　(정수를 노려보며) 오빠? 아빠의 상태를 보면서 그런 소리가 나와? 당장 병원으로 가서 종합 진단 먼저 받아요.

달국　죽을 일 아니니 괜찮아.

명지　(달국을 보며) 아 어떻게 해. 아빠가 불쌍해 죽겠어. (안으로 들어가며) 엄마, 엄마.

달국　쟤는 왜 호들갑이야? 머리야 가발을 쓰면 되고, 키야 높은 굽 구두를 신으면 되지. 문제 될 게 뭐야? 안 그런가 민 서방?

정수　(사근하게 대해주는 달국에게 감읍하여) 그 그럼요. 외관보다는 본질이 중요하죠.

달국　그럼 인생 도전. 사내의 야망. 아무도 앞길 못 막지.

정수　그럼요, 아버님. 제가 좋은 가발과 모자를 구입해 드리겠습니다.

달국　좋았어. 자네가 그렇게 능력 있는 젊은이인 줄 몰랐어. (손을 맞잡으며) 제발 내가 당선될 수 있도록 힘써 주게.

정수　여부 있겠습니까? 태어날 손자에게 자랑스런 조부의 후

광을 위해서라도 전력을 다 하겠습니다.

달국　헌데 자네 안태호라고 아는가?

정수　안태호?

달국　자네 청와대 근무했었다며?

정수　(그제야 알아차린 듯) 아 안태호 행정관요? 그냥 인사는 하고 지낼 정돕니다.

달국　잘 되었군. 오후에 그와 만나기로 약속했어. VIP의 복심이 맞는가?

정수　예. 처신을 조심하기로 정평이 나 있는데 기회를 잘 잡으셨습니다. 당에서의 영향력도 대단하신 분입니다.

달국　그래? 그럼 행운이구만. 조짐이 아주 좋아. 이 복장 어떤가? 지금 방송 녹화하러 가는데?

정수　(못마땅하지만) 바지가…… (하다가) 아! 코디가 있을 테니 걱정 마세요.

명지가 금순을 닦달하며 안에서 나온다.

명지　(달국을 가리키며) 엄마는 아빠가 저렇게 된 게 아무렇지도 않단 말야?

금순　뭐가 어때서? (보다가) 어라 언제 저렇게 벗어지고 작아졌지?

명지　아니 그렇게 아빠한테 관심도 없어? 매일 마주 보고 살면서 저렇게 된 걸 몰랐단 말이야?

달국 각방 쓴 지 몇 십 년 됐다.

금순 (달국을 자세히 보고나서) 저 양반 원래 큰 키도 아니었잖아? 머리 벗겨지는 건 유전이야. 할아버지 사진 안 봤냐? 완전 홀러덩이야. 거 조합장 선거할 때 숲속에 빈터가 생기더니 이젠 아주 운동장을 만들었구만. 파리들 미끄럼 타기 좋겠다.

명지 엄마, 지금 농담이 나와?

금순 머리 나쁜 사람이 잔머리 굴리면 대머리 된다더니. 다 선거 때문이야. 단명하고 싶지 않으면 제발 그만 둬요.

달국 적선 못할망정 쪽박 깨는 소리랑 마라. (나가며) 나 다녀오리다.

정수 (따라 나가며) 일이 잘 되길 빌겠습니다.

명지 엄마. 저것 봐. 바지로 청소하고 다니잖아?

금순 (소파에 앉으며) 아빠 성질 몰라서 그러냐? 의논을 타야 말이지. 놔둬라. 다 된 인생 아니냐?

명지 엄마, 그게 무슨 소리야. 백세 인생에 사람은 말년이 화려해야지.

금순 (들어오는 정수를 보며) 민 서방, 자네 여기 좀 앉게. 너도 앉아 봐.

정수 (앉으며 아부하듯) 어머님은 더 젊어지셨네요.

금순 됐구. 나 공달국 씨랑 이혼하려고 한다.

명지 (놀라며) 엄마, 다른 남자 생겼어?

금순 미친 년. 나도 말년을 편히 살고 싶어서 그런다. 남에게 굽신거리고 아쉬운 소리 하고 싶은 마음도 없고 뒷담화 까면서 손가락질 당하는 것도 싫다. 그러니 너희들 온전한 부모 모시고 식 올리고 싶으면 아빠 선거에 나서는 것 말려라.

명지　(정수에게) 오빠 들었지? 우리 미래가 달린 일이야. 아빠 좀 말려요.

정수　하지만.

금순　(말을 막으며) 뭐가 하지만야? 그 양반 꼬락서니 보았지? 되지도 않을 일에 나서면 오래 못 살아.

정수　고민해 보겠습니다.

금순　(일어서며) 자네가 왜 고민해? 알아서들 해. 나 도움 없이 살고 싶으면. (들어간다)

명지　오빠, 제발 아빨 말리자. 불쌍한 우리 아빠 당장 병원부터 가 봐야 해.

성우 들어온다. 정수 벌떡 일어나 인사한다.

정수　오셨어요?

성우　싸웠어? 왜 분위기가 썰렁해?

정수　(급히 편한 표정 지으며) 아닙니다.

명지　오빠, 아빠 못 만났어?

성우　(시계를 보며) 지금쯤 녹화하러 가고 있을 걸?

명지　녹화? 오빠가 그걸 어찌 알아?

성우	명혜 누나 시곗줄대로 움직이고 있거든.
명지	오빠, 아빠 좀 말려. 엄청 스트레스를 받는지 머리가 다 빠지고 키도 작아졌어. 이러다 아빠 잃게 돼.
성우	사내대장부가 자신의 꿈을 이루다 죽는 것도 나쁘진 않지.
명지	상속자라 이 말이지? 아빠 재산 탕진하는 것 아깝지도 않아?
성우	돈이란 이런 때 쓰라고 모아 놓는 거 아냐? 있는 사람이 돈을 써야 이 나라 경제가 돌아가는 거야.
명지	웬일이래? 아무래도 수상해.
성우	뭐가?
명지	한동안 사업자금 빌려 달라고 매달렸잖아?
성우	신사협정 맺었지. 선거 끝나면 무이자 대출받기로.
명지	헌데. 왜 명혜 언닌 끌어들여? 명혜 언니는 고모부 돌아간 이후로 우리 집에 발을 끊었었잖아?
성우	섭섭했겠지만 이건 사업이야. 아버진 고객이고. (안을 향해) 연화야!
명지	없어. 고향 다니러 갔대.
성우	그럼. 나 커피 한 잔 줘.
명지	알았어, 정수 오빠도 마실 거지?
정수	(따라 나서며) 내가 할게.
명지	아냐. 잠시 오빠랑 친해지셔. (나간다)
성우	야, 너 이리 와 봐.

정수   (놀라며) 아직 매제도 아닌데 야?

성우   어디서 매제 행세야? 확 까버리기 전에 이리 안 와?

정수   (기세에 놀라며 다가선다) 왜 그러세요. 형님?

성우   너 혹시 우리 집 재산 보고 결혼하는 거 아니지?

정수   (놀라며) 뭐라구요?

암전.

제5장

인터넷 방송 스튜디오.

영탁의 '찐이야'를 개사한 선거 로고송이 나온다.

벽에는 '유명혜의 정치안테나'란 타이틀이 붙어 있고 그 앞 테이블에 마이크가 놓여 있다.

테이블 앞에서 코디가 앉아있는 달국의 얼굴에 분장을 하고 있다.

명혜 옆에서 바라본다.

공공공공 공달국 우리 공달국/ 진짜가 나타났다 지금

공공공공 공달국 우리 공달국/ 찐하게 찍어줄 거야

요즘 같이 가짜가 많은 세상에 / 믿을 사람 바로 공달국뿐

한 목숨을 다 바쳐 일을 할 사람/ 우리 동네 참일꾼 달국

끌리네 끌리네 자꾸 끌리네/ 쏠리네 쏠리네 자꾸 쏠리네

의리로 일을 할 사람……

명혜 (볼륨을 줄이며) 로고송 어떠세요?

달국 신선해서 아주 좋아. 수고했어.

코디 (분장을 마치며) 이 정도면 됐나요?

명혜 (살피다가) 안 되겠어요. 언니. 가발 있어요?

코디 예. 잠시만요. (나갔다가 두어 개의 가발을 들고 온다)

명혜 아니 며칠 사이에 머리숱이 많이 빠졌네요?

달국   다 세월이 준 훈장이지.

코디   (여러 개의 가발을 달국의 머리에 씌어 본다) 이거 어때요?

명혜   그건 너무 젊어 보여 얼굴과 언밸런스야.

코디   (다른 것을 씌운다) 이건요?

명혜   그건 너무 나이 들어 보여요.

코디   (다시 다른 것을 씌운다)

명혜   그게 좋아요. 아주 자연스럽고 인자하게 보여요. 수고했
        어요.

코디   예. (분장 도구를 챙기며 나간다)

달국   (커다란 손거울에 자신의 모습 비춰보며 만족한 듯) 햐, 분장하니
        영화배우 저리 가라군. 흐흐흐. (폼을 재고 걸으며) 하긴 왕
        년에 아가씨들 앞에서 껌 좀 씹었지. (명혜에게) 어떠냐?
        미남이지?

피디   (소리만) 5분 전입니다. 준비해 주세요.

명혜   방송실로 가요. (시계를 보며) 방송 나가면 즉시 댓글이 올
        라와요. 거기에 맞춰서 제가 질문할 테니 답변하시면 돼
        요. 이리 오세요.

달국   (따라가며) 생방송이라고?

명혜   걱정하실 필요 없어요. 공달국 씨를 홍보하는 내용이니
        까. 있는 그대로 솔직하게 답변하시면 돼요. 자 그리 앉
        으세요.

달국   (마이크 앞에 앉는다. 얼굴이 굳어 있다) 허 이거 생방송은 처음
        이라 떨리는데?

명혜 긴장하지 마세요. 여기 모니터 보시면 실시간으로 댓글들이 올라와요. 거기 다 답변할 순 없고. 제가 필요한 질문만 드릴게요.

달국 정말 많은 사람들이 보는 거야?

명혜 이게 방송으로 끝나는 게 아니라 유튜브에 저장되기 때문에 재미있으면 사람들이 다시 보기를 해요. 그래서 홍보가 되는 거죠. 처음에 제가 공 후보님의 소개를 먼저하고 출마의 변을 말씀하시면 그 후는 제가 알아서 진행할게요. 자 저기 불이 들어오면 시작하는 거예요. 준비되셨죠?

달국 잠깐만 물 좀 마시고. (테이블 위에 있는 물병을 들어 마신다)

명혜 자연스럽게 하세요.

피디 (소리) 자 들어갑니다. 오프닝 큐.

방송의 타이틀 음악이 흐른다. 벽면에는 시청자들의 댓글이 투사된다. 음악이 끝남과 동시에 명혜가 진행을 한다.

명혜 안녕하세요. 유명혜입니다. 바야흐로 선거의 계절이 다가왔죠? 오늘 이 시간에는 예고했던 대로 신인정치가 공달국 씨를 모셨습니다. 안녕하세요?

달국 (갑작스런 질문에 당황하며) 아 예. 공달국입니다.

명혜 공달국 씨에 대한 이력은 자막으로 나가고 있으니 참고하시고요. 현재는 가나도 관광버스조합 조합장으로 계시면서 정치에 처음 발을 들여놓으신 참신한 분이십니다. 시청자분들께서는 이름과 얼굴을 꼭 기억하셨다가 여론조사 시에 꾹 눌러 주시고, 귀중한 한 표를 부탁드립니다. (공달국에게) 공 조합장님께서는 어떻게 해서 늦은 나이에 정치에 발을 들여놓으실 생각을 하셨나요?

달국 예. 요즘 국회의원들 하는 짓거리를 보니까 싸움질만 하고. 내가 하면 그보다는 더 잘할 수 있겠다는 생각을 했어요, 선거할 때는 머슴처럼 일하겠다 해놓고 금배지 달고 나면 상전도 이런 상전이 없어요. 만나기도 힘들고 이권에 개입하고.

명혜 일도 안 하고 매일 저희들끼리 뜯고 싸우고 말이죠?

달국 그렇습니다. 저 공달국 정말 국민을 상전으로 모시고 지역의 문제 해결 위해 멧돼지처럼 돌격할 자신이 있습니다. 한다면 한다. 의리가 제 생활신조입니다.

명혜 국회의원이 되시면 한 몸 바쳐 용맹정진할 자세가 되어 있단 말씀이죠?

달국 그렇습니다.

명혜 그 사이 댓글이 많이 달렸군요.

벽에 실시간 댓글들이 자막으로 흐른다.

명혜 공 후보님을 응원하는 댓글들이 많이 올라오네요. "용감한 의리의 사나이 기대됩니다." "어 내가 아는 우리 동네

35

아저씨네." "몸체에서 강단이 느껴지고 믿음직합니다"
"우리 조합장님 파이팅" 예, 고맙습니다. 후보님도 한 말
씀하세요.

달국 예. 감사합니다. 이 사람 믿어주세요.

자막에 공달국을 비방하는 댓글이 올라온다.

명혜 "공달국 나쁜 놈?" 아 이거 벌써 안티가 생겼네요.

"자기 회사 버스 기사 주어패고 내쫓은 양아치 놈이 구케이언 자격
있나?"
"공달국 마누라 사채업계 큰손 아닌가?"
"맞아. 서민의 고혈 빨아 제 배 두드린 놈이 어디다 감히 쌍판 내밀
어?"

명혜 시청자여러분 인신비방은 삼가해 주세요. 여기서 잠깐
광고 듣고 돌아오겠습니다.

경쾌한 음악과 함께 광고 흐르면서 암전.

제6장

호텔 스위트룸. 한쪽에 테이블과 소파가 놓여 있다. 안태호 소파에 앉아 신문을 보고 있다. 잠시 후 노크소리가 들린다.

태호   예, 들어오세요.

성우가 문을 열고 먼저 들어와 공달국을 안내한다.
공달국은 가발을 썼다.

태호   (일어서며) 어서 오세요. 연락 받고 기다리고 있었습니다.
달국   (명함을 꺼내 건네며) 공달국입니다. (악수를 한다)
태호   장 국장님께 얘기 잘 들었습니다. (명함을 건네며) 안태호입니다.
달국   예. 만나서 반갑습니다. (성우를 보며) 애, 너도 인사드려라. 제 아들입니다.
태호   우린 구면입니다. 어제 장 국장님과 함께 뵈었지요. (악수를 청한다)
성우   (악수하며) 잘 쉬셨어요?
태호   덕분에요. 자 이리들 앉으시지요. 커피 괜찮죠?
달국   (앉으며) 아니 됐습니다.
성우   (눈치를 주며) 아버지. 예. 좋습니다.

태호	(인터폰을 들고) 아 여기 8503호실에 커피 석 잔 부탁해요.
달국	(명함을 보며) 헌데 명함에 연락처도 없고 달랑 이름만?
태호	예. 제가 하는 일이 비밀스런 일이라 신분 노출하기가 그렇습니다.
달국	그렇습니까? 이해됩니다.
성우	안 실장님은 대단한 분이세요. 당에도 인맥이 상당하대요.
태호	과찬의 말씀입니다.
성우	인재영입 팀장과는 친구 사이이고, 공천관리위원장은 호형호제하는 관계랍니다.
태호	아유 그런 말씀 마세요. 제가 선거에 개입했다는 소문이 나면 그날로 전 모가지입니다.
달국	바쁘실 텐데 귀한 시간 내어 주셔서 고맙습니다.
태호	(앉으며) 무슨 말씀을요. 제가 하는 일이 숨어 있는 인재를 발굴하고 적재적소에 추천하는 일입니다. 듣자하니 공 조합장님은 정치에 뜻을 두셨다지요?
달국	예, 나라를 위해서 우리 지역의 발전을 위해서 늦었지만 이 한 몸 바쳐 봉사해 보고 싶습니다.
태호	좋으신 생각이십니다. 지역사회를 통해 성장하고 성공 하셨으니 이젠 사회에 환원하실 때도 됐지요.
달국	지금 김정표 의원. 그 따위로 하면 안 됩니다. 돈줄과 비 리를 내가 다 알고 있어요. 남의 돈이나 처먹고 이권 개 입하고 썩어빠진 그런 놈이 국회의원이라니. 난 그렇게 는 안 합니다.

성우   (말리며) 아버지. 초면에 말이 너무 심하십니다.

달국   왜 내가 못할 말했냐?

태호   저도 김 의원 잘 알지만 그만하면 양반입니다. 신병을 확보하고 공 조합장님에 대한 뒷조사를 좀 했습니다. 일만 잘 진행되면 지방 경제인을 대표해서 추천하면 되겠습니다. 꼭 선출직이 아니라도 공공 부처 산하 단체도 자리가 많습니다.

달국   (주머니에서 두툼한 돈 봉투를 꺼내 테이블 위에 놓으며) 이거 약소합니다만 활동비에 보태 쓰십시오.

태호   이러시지 않아도 됩니다.

성우   받아두십시오.

태호   고맙습니다. 나랏일을 하려면 남모르게 써야 하는 돈도 많습니다.

달근   필요하면 언제든지 말씀만 하십시오. 정치 자금도 얼마든지 댈 수 있습니다.

성우   심부름은 제가 하겠습니다.

태호   우선 입당원서부터 내십시오.

노크소리 들리자 안태호 재빨리 돈 봉투를 탁자 밑으로 숨긴다.

문을 열고 웨이터가 오븐에 커피보트를 들고 와서 테이블 위에 놓고 커피 잔에 커피를 따른다.

달국 얼른 지갑에서 지폐를 꺼내 웨이터에게 준다.

웨이터 인사를 하고 나간다.

달국	이력이 미천해서 죄송합니다.
태호	아닙니다. 법인체의 장은 아무나 합니까? 그만큼 능력이나 영향력도 대단하신데…….
달국	무슨 문제가 있습니까?
태호	단도직입적으로 말씀 드리지요. 재산이 너무 많습니다.
달국	재산 많은 것도 죕니까?
태호	축재과정이 불법, 탈법이라는 게 문제지요.
달국	조상으로부터 물려받은 것도 있지만 전부 피땀 흘려 모은 겁니다.
태호	그게 문제가 아니고 선거에 나서면 상대방 진영에서 신상을 탈탈 털립니다. 보아하니 사모님이 사채업계 큰손으로 알려졌더군요. 그것만으로도 아귀처럼 달려들 빌미가 됩니다.
달국	그럼, 어떻게 합니까? 이혼해서 재산 분할이라도 합니까?
성우	좋은 방법이 있습니다. 제게 일정 부분 상속을 하면 되잖습니까?
달근	(성우를 노려보며) 택도 없는 소리. 내가 시퍼렇게 눈을 뜨고 있는데 상속이라니?
태호	집안 문제는 알아서들 하시고요. 자 커피 드시지요.

암전.

제7장

병원. 의사가 달국의 키를 재고 있다. 옆에서 명지가 이야기를 듣고 있다.

의사 내려오셔도 됩니다.

명지 예전보다 얼마나 줄어들었나요?

의사 (컴퓨터에서 기록을 보며) 이거 뭔가 착오가 있는 것 같습니다.

달국 뭐가 잘못 되었나요?

의사 예전 검사 기록이 잘못 된 것 같아요. 기계가 고장 났나?

명지 전자 기계가 무슨 고장이 나요?

의사 그렇게 생각하는 건 확증편향오류입니다. 기계도 오작동 할 수 있는 거지요.

명지 오작동이 아니라 현실이 그렇다니까요. 요 며칠 사이에 키가 아주 줄어들었어요.

의사 학계에 이런 사례는 없었습니다. 일 년 사이에. 아니 작년 12월 정기 검진 받았을 때보다 정확히 10센티가 작아진 것은 있을 수 없는 일입니다.

명지 있을 수 없는 일이 일어났잖아요?

의사 요즘은 하루가 다르게 급격히 변하는 세상이라 불가해한 일이 많지요.

명지 예전에 입던 바지가 바닥에 질질 끌릴 정도로 확 작아졌다니까요.

의사 글쎄 이해할 수 없다니까요.

명지 그럼 이것이 새로운 질병이란 말씀인가요?

의사 질병일 수도 아닐 수도 있습니다.

명지 참 답답하네.

의사 의사의 권위를 믿으십시오. 어디 요즘 상식이 통하는 세상입니까? 윤리와 도덕은 실종된 지 오래 됐어요. 재산때문에 자식이 부모를 죽이기도 하는 세상 아닙니까?

명지 그게 이 상황과 무슨 상관있어요?

의사 현대의 병이란 바이러스나 잘못된 식습관에서 오는 것만이 아닙니다. 마음에서 오는 게 많아요.

명지 그래서 키가 작아지는 원인이 뭐냐구요?

의사 다그치지 마세요. 저희들은 축적된 연구 결과와 과학적인 근거에 의해서만 병을 진단하고 치료합니다.

달국 거 나이가 들면 다 그렇지. 안 그렇습니까? 선생님.

의사 늙으면 신체의 변화가 있기는 합니다만 그것도 정도 문제지요. 언제부터 이런 상태가 시작되었습니까?

달국 머리가 빠지기 시작한 건 선거에 나서기로 마음먹은 때부텁니다.

의사 그게 언제입니까?

달국 한 달쯤 되었습니다.

의사 한 달 사이에 키가 십 센티나 줄어들어요? 정말입니까?

명지 맞아요. 한 달 전에 볼 때는 정상이었어요.

의사   나 참. 어디 아픈 데는 없어요?

달국   지극히 정상입니다.

의사   사고가 나 뼈가 부러진 것도 아니고?

달국   (사지를 움직이며) 멀쩡합니다.

명지   혹시 스트레스로 이런 거 아닌가요?

의사   그것 참. 어디 찾아봅시다. 잠시 만요. (컴퓨터를 클릭하며 검색한다)

명지   아빠, 다른 병원으로 가요.

달국   너무 걱정마라. 난 아무래도 괜찮다.

명지   이러다 죽어요. 제발 선거 그만 두세요.

의사   (확신하듯) 됐습니다. 모든 일 중단하시고, 당장 입원하시고 한 달만 쉬십시오.

명지와 달국, 어처구니 없다는 표정을 짓는다.

암전.

제8장

공달국의 사무실.

명혜와 성우가 노트북을 보며 심각하게 이야기를 나눈다. (입원 열흘 후)

명혜   여론조사 돌렸는데 아직 한 자리 수야. 김정표 의원과 너무 차이나.

성우   그렇네. 지지도 끌어올릴 무슨 방법 없을까?

명혜   아무래도 방향을 바꾸는 게 좋을 것 같아.

성우   어떻게?

명혜   비례대표로 나서는 거지. 직접 주민들 앞에 나서지 않아도 되니까. 조금은 수월한 방법이지만 중앙에 줄을 잘 잡아야 해.

성우   줄이라면 쇠동앗줄이 있지. 흐흐.

명혜   잘 됐네. 이것 봐. 방송 나간 후 댓글이 장난이 아니야.

성우   어떤 새끼들이 숨어서 이런 지랄들이야?

명혜   선거에 관심이 많다는 증거야. 익명의 시대, 얼굴을 드러내지 않아도 되니까 네티즌들은 자신의 생각과 감정을 여과 없이 분출시키거든.

성우   비겁한 개새끼들. 어디 잡히기만 해봐라. 손모가지들 분질러 버릴 테니까.

명혜	이것도 다 사회참여 방법인데 잡는다고 뭘 어쩌겠어?
성우	아무리 인신 비방이라도 친일파의 후손이라니 이건 너무 하잖아?
명혜	주민의 대표가 되려면 이런 수모 다 견뎌내야 돼.
성우	아버지가 보면 뒷목 잡고 쓰러지실 걸?
명혜	우리도 미리 대처해야지. 댓글 알바 구해야겠어.
성우	댓글 알바?
명혜	그래. 악성 댓글에 대한 대처와 여론 조성을 위해선 필수 과정이야. 참 아버진 어떠셔?
성우	강제로 일주일 입원시켜서 진단을 받았는데 원인을 못 찾았어. 퇴원하셔서 여기로 오는 중이야.

밖에서 소란스런 소리가 들리고, 잠시 후 여직원의 만류를 뿌리치고 취객이 비틀거리며 들어온다. 그는 왼발을 전다.

직원	(소리) 글쎄 안 계시다니까요.
취객	(문을 열고 들어서며) 공달국이 어딨어? 공달국 나와.
성우	당신 누군데 함부로 들어와서 행패야?
취객	(알아보고) 어 너? 공달국 아들 맞지?
성우	이 새끼가 누구한테 너야? (달려들어 멱살을 잡고) 이걸 팍.
명혜	성우야. 참아라. 대사를 앞둔 사람들이 이러면 안 되지.
취객	치려고? (머리 들이밀며) 어디 쳐봐.
성우	(자세히 살피고 나서) 이 자식. 이거 아버지 회사에 다니다

잘린 놈 아냐?

취객　그래. 양아치들 시켜서 이렇게 병신 만들어 놓고도 부족하냐?

성우　그러게 노조는 무슨 얼어 죽을 노조 만든다고 앞장 서?

취객　법에 명시된 권린데 뭐가 문제야?

성우　죽기 싫으면 조용히 사라져라.

취객　그래. 차라리 대굴박 박살 내줘. 편하게 저승이라도 가게. 쳐보라구.

명혜　할 말 있으면 맨정신에 오셔야죠?

취객　맨정신? 날씨가 흐리면 온몸이 쑤시는 걸 맨정신에 견디라고, 우라질 놈들아 네가 뭐 안다고 씨부렁거리는 거야?

성우　안 되겠다. (팔을 잡아다니며) 너 이리 나와.

달국 들어오다 마주친다.

달국　무슨 일이야?

취객　오 공달국. 너 잘 만났다.

달국　누구시오?

취객　날 병신 만들어 놓고 시치미 뗄 거야?

성우　(잡아끌며) 나가. 임마.

취객　흥. 그러고도 선거에 나서겠다고?

달국　적당히 집어주고 조용히 처리해.

성우   알겠습니다. 이리 와.

취객   (끌려 나가며) 택도 없다 이놈아.

달국   (멍하게 서 있는 명혜에게) 신경 쓸 거 없다. 세상엔 유별난 놈들이 많으니까.

명혜   아무래도 궤도를 수정해야 할 것 같습니다.

달국   궤도 수정? 무슨 문제라도 있는 거야?

명혜   거기 좀 앉으시죠. 결론부터 말씀드리면 공달국 님은 지역구보다 비례대표로 나서는 게 좋을 것 같습니다.

달국   무슨 소리야? 나도 선거를 치러본 놈이야. 관광버스 조합장 그냥 따먹은 거 아니라구. 난 하겠다는 일에 실패해 본 적이 없어. 무슨 수를 써서라도 해냈어.

명혜   법인단체 선거와 국회의원 선거는 다릅니다. 더구나 공달국 님의 이력과 여러 상황으로 볼 때에 현직 국회의원을 경선에서 이길 확률이 낮습니다.

달국   야당으로 나서면 되지 않나?

명혜   이곳 주민의 출신 성분이나 선거권자의 세대 분포 상, 역대로 이 지역은 여당 지지도가 높은 지역입니다. 편한 길을 선택하시지요.

달국   김정표. 그 녀석이 실력으로 의원 됐나? 데모나 하다가 백수로 지내던 놈이 줄 잘 잡아 바람이 불어서 된 거지. 내가 그놈보다 못한 게 뭐 있어?

명혜   인물도 좋고 재력도 나으시지만 그게 운입니다.

성우   (어느새 들어와서) 아버지. 아버진 김정표가 갖지 못한 훈장이 있잖아요?

달국 훈장?

성우 별이 셋. 폭력 전과 말이에요.

달국 그게 어때서? 젊은 시절 개구장이질 몇 번 한 거 가지고.
이놈아 너나 잘해. 남 두드려 패서 애비 망신주지 말고.

성우 부전자전 아닙니까? 저도 정신 차리고 사업할 겁니다.
두고 보세요. 아버지보다 더 성공할 테니.

달국 큰소리치는 놈 치고 잘된 놈 못 봤다.

명혜 사회는 냉정해요. 죄송하지만 사모님도 정당한 방법으
로 축재한 게 아니잖아요? 선거 나서면 조상님들의 이
력까지 다 까발려질 텐데 대책이 없어요.

성우 팀장님 말씀대로 하세요. 국회의원만 되면 되잖아요?

달국 방법은 있어?

성우 안태호 있잖습니까? 제가 만나서 부탁해 보겠습니다. 아
버진 현금이나 준비해 두세요.

암전.

제9장

거실에서 장 국장과 마주 앉아 있다.
공달국 자신의 기사가 실린 신문을 보고 있다.
공달국의 키는 더 작아졌다.

장국장 기사는 내가 직접 썼네. 어렸을 적부터 자네를 잘 아는 사람이 누군가? 자네의 개구쟁이 시절 이야기는 싹 빼고 가난한 생활 속에서 자수성가한 기업가로 소개했네.

달국 (신문을 내리며) 아주 소설처럼 그럴듯하게 썼구만.

장국장 요즘은 피알(PR)시대야. 피할 것은 피하고 알릴 것은 알려야 한다는 말이지. 이 기획 기사를 읽은 시민들은 공달국의 정치 인생에 기대를 걸 거야.

달국 뒤통수가 가렵지만 잘 포장했군, 수고했네.

장국장 언론은 사람을 죽이기도 하고 살리기도 하는 위력을 지닌 마술 상자란 걸 곧 알게 될 거야.

달국 고맙네. 자네가 없었으면 정치에 나설 꿈도 꾸지 못했을 거야. (장 국장의 손을 잡으며) 내 여의도에 입성하게 되면 자네 은혜 잊지 않겠네.

장국장 은혜는 무슨. 친구 좋다는 게 뭔가? 필요할 때 도와야지. 자네는 능력이 되니까. 그 나이에 정치에 발을 들여놓겠다는 게 아무나 할 수 있는 일은 아니지. 새로운 인생에 대한 도전. 대단한 신념이고 용기야.

달국   꼭 성공하고 싶네.

장국장   아무렴 잘 될 거야. 참 안 실장이 뭐라던가?

달국   그렇잖아도 어려운 숙제가 생겨 자네와 의논할 참이었지.

장국장   성공하는 자 앞엔 언제나 큰 난관이 있게 마련이지.

달국   재산이 많은 게 흠이라는 거야. 자네도 알다시피 재산은 마누라가 모은 건데 그게 걸림돌이 될 줄 누가 알았겠나?

장국장   개같이 벌어 정승같이 쓰랬다고. 좋은 수가 있네.

달국   좋은 수라니?

장국장   재산을 분산시키는 거지.

달국   어떻게?

장국장   실은 내가 정년 후를 대비해서 준비해 놓은 게 있네. 언론장학재단인데 물주를 찾는 중이야. 거기다 자네의 재산 일부를 기부하면 사회 평판도 달라질 거야.

달국   재단? 믿을 수 있는 건가?

장국장   그럼. 내가 상임이사로 들어가서 관리하겠네. 자네 딸을 이사장으로 앉히고 민 기자도 등기 이사로 하면 이다음에 상속 문제도 자연스럽게 해결 되지. 달국언론재단 어떤가?

달국   거기서 하는 일이 뭔데?

장국장   도나 국가를 상대로 여론조사나 각종 프로젝트를 수주하는 게 주 업무지. 거기서 나온 수익금으로 유망한 언론인을 키우는 거야.

달국   자본금 까먹는 건 아니지?

장국장   자본금이 잠식될 이유가 없어. 사회 환원의 귀감으로 자네 사후라도 공달국이란 이름은 영원히 남을 거 아닌가.

달국   좋은 아이디어구만. 당장 실행에 옮기게. 시내에 있는 빌딩을 기부하겠네.

장국장   (감격하며) 자네는 이 시대 참 경제인이야. 자네가 국회의원이 되면 재단이 할 일도 많아질 거야. 잘 결단했네.

달국의 휴대폰이 울린다.

달국   (휴대폰을 열고) 박영철? 생전 전화 한번 안 하던 놈이 웬일이야? 여보세요? 어. 그래. 영철이? 이게 얼마 만인가? 그래 신문 봤다구? 그래. 그래 좀 도와줘. 친구들한테 홍보 많이 해주고. 그래 알았어. 내 조합 사무실로 한번 찾아와. 그래 나중에 보자. (끊는다)

장국장   신문 효과가 금방 나타나는구만. 박영철이 누구야?

달국   있어. 옛날 내 밑에서 놀던 놈.

장국장   조심해. 선거 나선다면 등쳐먹으려는 놈 많으니까.

달국   그런다고 내가 당할 놈인가?

다시 핸드폰이 울린다.

장국장   내 기사가 제대로 홍보가 됐구만.

달국   (휴대폰을 열며) 아니 아들이야. 그래. 뭐라드냐? 뭐? 20장? (놀라며) 20억이나? 일단 알았다. 만나서 얘기하자. (끊는다)

장국장   20억이라니? 무슨 소리야?

달국   (둘러대며) 아냐, 급히 돈 쓸 일 있어서. 헌데 말이야. 또 한 가지 해결해야 할 일이 있네.

장국장   얘기해 보게.

달국   마누라 문제일세.

장국장   왜 돈 많고 이쁜 마누라가 바람이라도 피나?

달국   자네도 알잖는가? 사채업계 큰 손이라는 걸.

장국장   하긴 고리대금업자라는 게 제일 큰 암초가 될 거야. 방법이 있긴 한데.

달국   이혼?

장국장   (고개를 끄덕이며) 맞아, 그렇다고 조강지처를 버릴 순 없잖은가?

달국   그래서 고민이네.

현관에서 종이 울리면서 황금순 들어온다.

금순   (장국장에게) 오셨어요?

장국장   (일어서며) 예. 헌데 제수 씬 나이를 거꾸로 먹는가 봐요. 날이 갈수록 젊어지니 말입니다.

금순   아이고 장 국장님. 넉살은 여전하시네. 어머 일하는 애가 없으니 커피 한 잔도 못하셨네. 잠시만 기다리세요.

장국장 아닙니다. 금방 나가려던 참이었습니다.

금순 왜 제가 방해 되었나요?

장국장 아뇨. 약속이 있어서요. 이 양반 국회의원 만들려면 제수씨도 바쁘시겠어요?

금순 난 싫어요. 있는 돈 쓰면서 편히 살지. 무슨 영화 누리겠다고 선거에 나서요? 좀 말려 주세요.

달국 사나이 가는 길에 꽃은 못 뿌릴망정 재나 뿌리지 말어.

장국장 말리긴 너무 늦었어요. 이미 깊숙이 들어와 버렸으니까요.

금순 난 이러고 못 살어. 이혼할 거야.

장국장 (혼자 소리로) 잘 돼 가는구만.

달국 어허. 이 사람이 못 하는 소리 없네.

장국장 전 이만 물러갑니다.

금순 안녕히 가세요.

장국장 예. (나가며 달국에게 귓속말로) 신중하게 결정하게. 나라면 능력 있는 마누라 절대 못 버리네. (나간다)

달국 또 보세. (돌아오며) 당신 여기 좀 앉아 봐.

금순 왜?

달국 글쎄. 앉아 보라구.

금순 (앉으며) 날 설득할 생각일랑 아예 말아.

달국 나 현금으로 20억만 빌려 줘.

금순 20억? 지금 장난해?

달국 인생에 돈이 전부는 아니잖아?

금순 나한텐 전부야. 그 돈이 하늘에서 저절로 떨어진 줄 알아?

달국 기회는 여러 번 오는 게 아니잖아? 난 자신 있다구.

금순 그냥 생긴 대로 살아. 난 굽신거리며 망신당하긴 싫으니까.

달국 당신 운동 나서라고 안 할 테니 돈이나 빌려줘. 이자 주면 되잖아?

금순 이자는 됐구. 정 그렇다면 이혼장에 도장 찍어.

비디오 폰에서 음악소리. 금순 모니터를 확인한다.

금순 마침 성우도 왔으니 잘 되었네. 아들 증인 세우고 결판 지읍시다.

암전.

제10장

달국이 소파에 깊숙이 앉아 통화한다.

달국 그래 그래. 입당 원서도 냈고, 면접 일정도 받았지. 시내 중심가에 선거사무실도 알아보고 있어. 뭐라고 선경마트? 그럴 리가 있나? 그럼 그래. 고마워. 자네가 좀 도와 줘. (전화를 끊는다)

금순, 화려한 외출 복장으로 여행용 가방을 끌고 나온다.

달국 당신 어디 가?

금순 상관 마. 우리 관계는 이제 끝난 거잖아? 아들 차에 돈 상자 실어 보냈으니. 난 당장 법원으로 달려가 이혼장 접수 시키고 호텔에 있을 거야. 집이 마련되면 내 짐 가져갈게.

달국 꼭 이럴 필요는 없잖아?

금순 당신이 원하는 대로 해주는데 나한테 무슨 미련 부스러기라도 남았어?

달국 이건 임시방편일 뿐이잖아? 내 당선되면 당신께 돌아올 거야.

금순 아니지. 젊고 예쁜 여자들 많은데 굳이 그럴 필요 뭐

있어?

달국　무슨 소리야?

금순　황금마차 홍 마담이 누구야?

달국　어 그걸 당신이 어떻게?

금순　난 귀가 없는 줄 알아? 소문 다 났어. 똥차 치웠으니 새 차 들여야지?

달국　그건 오해야. 내 단골 술집 마담일 뿐이라고.

금순　오해고 육해고 난 상관없어. 이제 우린 남이니까. 잘살 아 봐.

달국　여보. 법적으로 남이 되는 건 위장이잖아?

금순　당신은 인생을 장난으로 살아? 당신 인생만 인생이고 난 아무 것도 아니야?

달국　당신이 원한 거잖아?

금순　난 이대로의 당신이 좋아. 당신 능력만큼 살면 되는 거 야. 당신한텐 조합장도 과분한 직함이야.

달국　여보. 사나이 야망을 그렇게 꺾진 말아. 내 인생 마지막 꿈이야.

금순　꿈 좋아하네. 과욕은 화를 부르는 거라구. 봐 선거 나서기 도 전에 땅속에 주무시는 조상님들 줄줄이 호출시키지, 난 천하의 악독한 년임을 공익 광고하지. 당신 고등학교 생활기록부까지 나돌아다니는데 이 무슨 망신이야?

달국　김정표 놈들 짓거리가 분명해. 내 이놈을. 털어서 먼지 안 나는 놈들 있어?

| 금순 | 악덕 고리대금업자니 뭐니 떠들어 봐야 내 눈썹 하나 끔
쩍 않겠지만 인척들은 무슨 죄냐구? |

문소리가 나고 성우 들어온다.

성우	어머니. 어디 여행 가세요?
금순	이제 남남이니. 분가해서 자유롭게 살아야지.
성우	(놀라며) 위장 이혼 아니었어요?
달국	(변명하듯) 그러게 말이다.
금순	자 마지막 기회 줄게. 선택해. 나야? 선거야?
달국	여보. 선거 끝날 때까지만 기다려 줘.
금순	(성우에게) 들었지? 나 간다. 잘 있어. (나간다)
달국	허어. 이거 참.
성우	성질 한번 화끈하네.
달국	전달은 잘 된 거지?
성우	그럼요. 만약을 위해서 몰래 녹음까지 해놓았어요.
달국	잘했다. 헌데 너 이상한 소문 들리던데 사실이냐?
성우	무슨 말씀이신지?
달국	선경 마트 말이다. 그거 팔려고 내놓았냐?
성우	(머뭇거리다) 잘 되고 있는데 왜 팔아요?
달국	그렇지. 여기서 재차 확인하고 지나가자. 사장은 너지만 자본주는 나란 걸 알지?
성우	당연한 말씀을. 그거 가짜 뉴스에요.

달국 만약 그랬다간 아들이고 뭐고 넌 죽은 목숨이다.

성우 아버지 성질 왜 모르겠어요. 선거가 진흙탕 싸움이라 어지간한 모략에는 귀를 막으셔야 해요.

달국 그래. 명혜가 기획하는 일은 잘 되고 있냐?

성우 그럼요. 제가 열심히 뛰고 있어요. 사회봉사단체 몇 군데 가입해 놓았고 노인단체, 보육단체에도 후원금 넣었어요.

달국 잘 했다.

성우 그런데 지지율 안 오르는 게 문제에요. 아무래도 시장 방문도 하면서 얼굴을 알려야 할 것 같아요.

달국 일정 잡아라. 나도 친목회다 동창회다 바쁘다.

휴대폰 벨소리가 울린다.

암전.

제11장

달국의 사무실. 커피가 놓인 탁자 앞에 나이보다 젊어 보이는 종친
회장이 앉아 있다.

달국   커피 식어. 어서 들게.

회장   여보시게 종친. 자네 항렬이 어찌 되는지 아는가?

달국   (그제야 깨닫고) 예. 국자 항렬입니다.

회장   난 신자 항렬. 즉 나이는 어려도 내가 조부뻘이지.

달국   (얼른 일어서서 허리를 굽혀 인사하며) 아이구. 제가 깜빡했습니
         다. 할아버님.

회장   됐구. 종친회 행사 때 코빼기도 안 비치던 사람이 날 보
         자는 이유가 뭔가?

달국   (책상 서랍에서 봉투를 꺼내 내밀며) 이거 약소하지만 넣어두십
         시오.

회장   이거 뭔가?

달국   바쁘실 텐데 먼 곳까지 오시게 해서 죄송합니다. 약소하
         지만 용돈에 보태 쓰십시오.

회장   (화를 내며) 허어. 이 사람이. 날 뭘로 보고. 내가 왜 자네한
         테 용돈을 받나?

달국   그간 제 불민과 불충에 대한 사과의 뜻으로 받아주십
         시오.

회장	됐구. 용건이나 말하게.
달국	회장님. 제가 우리 공가 가문을 위해서 큰일을 한 번 해 보려고 합니다.
회장	왜? 종친회장 나서려구?
달국	그럴 리 있습니까? 항렬도 안 되는데.
회장	그러면?
달국	제가 국회의원 한번 해 볼랍니다.
회장	국회의원? 누가 시켜는 준데?
달국	아이구 회장님 왜 이러십니까? 노력해야지요.
회장	그래서?
달국	뭐가 그래섭니까? 우리 종중들의 지원을 부탁드리는 거지요. 국회의원이 되면 가문의 영광 아니겠습니까?
회장	그래서 종친회에서 도울 일이 뭔가?
달국	제 명함에 새기게 부회장 직함을 주십시오. 제게는 사회봉사단체 회장 직함보다 종친회 임원 직함이 훨씬 중합니다.
회장	부회장이 고스톱 쳐서 따는 자린 줄 아는가?
달국	바빠서 행사는 참석 못 했지만, 협찬금은 꼬박꼬박 냈지 않습니까?
회장	이보시게. 잘 알아보고 말하게. 여러 번 독촉을 해도 결재 안 났다고 책자 광고비도 3년 치나 밀렸어.
달국	아랫사람들이 잘못 처리한 모양이군요? 당장 결재하도록 하겠습니다.

회장 사람은 한 치 앞도 모르는 법이야. 그러니 평소에 처신을 잘했어야지. 가문의 영광이 아니라 자네는 가문에 똥칠을 하고 다녔어.

달국 에고 철부지 시절 누구나 개구쟁이질 하잖습니까?

회장 누구나? 난 아닌데? 정말 자네 못된 행실 소문 들을 때마다 조상님 보기 얼마나 부끄럽던지. 아예 족보에서 지워버리려고 했다는 말 못 들었는가?

달국 죄송합니다. 종친회 임원들을 모아주시면 정중하게 사과드리겠습니다. 도와주십시오.

회장 (일어서며) 됐네. 종중들 돌아선 마음 돌이키긴 너무 늦었네. 도움 못 줘서 미안하네. 부디 뜻하는 일 성공해서 만나세. 그땐 회장자리라도 넘겨 줄 테니 그럼. (예를 갖춰 인사하고 헛기침하며 나간다.) 어험.

달국 이런 싸팔. 네가 아니라도 난 국회의원 된다. 임마. 빌어먹을.

달국, 부아가 치밀어 오르는 듯 모자를 벗어 출입문 쪽으로 던지고 탁자 옆에 있는 자그만 휴지통을 걷어찬다.

의자에 앉아 진정하는데 노크 소리 들리고 명지와 정수 들어온다.

명지 (어지럽혀진 광경을 보고) 아빠 무슨 일 있었어요?

달국 아무 일도 아니다. 세상 사는 일이 다 그렇지.

정수 (모자를 집어들고) 이 모자가 마음에 안 드시나봐요?

달국   (시치미 떼며) 모자가 외출하고 싶은 모양이다. 왜 거기 있지?

명지   정수 씨가 아빠 드린다고 백화점에서 모자 사 왔어.

달국   (포장을 풀며) 마음에 드실지 모르겠습니다.

달국   나 그런 거 필요 없다.

명지   (더 작아진 달국을 보고) 아빠, 왜 화를 내? 일어서봐. 키가 더 작아진 것 같아.

달국   (짜증스럽게) 다 된 나이에 머리가 빠지고 키가 작아지면 어떠냐? 제발 키 이야기 하지 마라. 그 말에 더 스트레스 받는다.

명지   (놀라며) 아빠. 거울 좀 보세요. 제발 선거 나가지 마세요. 엄마 마음은 단호하던데 정말 엄마와 헤어질 거야?

달국   걱정 마라. 남자의 대망을 위해서 잠시 떨어져 있는 거 뿐이다.

명지   아빠. 우리 결혼식 날짜도 받았는데 어떻게 해?

달국   결혼식? 언제야?

정수   6월 10일입니다.

달국   잘 됐군. 남들은 출판기념회도 하고 그러는데. 사람들을 모을 수 있는 좋은 기회잖아. 이왕이면 다음 달로 좀 앞당기자.

명지   아빠. 이러다 죽어. 제발 내 말 듣고 그만두라구요.

달국   내 걱정은 마라. 난 오늘 죽어도 할 일은 하고 만다.

명지   누울 자릴 보고 발을 뻗으랬다고 국회의원은 아빠 자리가 아니야.

달국   틀림없이 된다니까? 너희들이 도와주면.

명지   아빠 의사가 그랬잖아? 한 달만 쉬어보라고.

정수   명지 말이 옳습니다. 건강이 우선입니다.

달국   그 엉터리 의사 말 믿으라고?

명지   아빠. 매일 작아지던 키가 입원해 있는 동안은 멈췄잖아?

달국   그 황금 같은 일주일을 병원에서 보냈지만 무슨 소용이 있었니? 내 키가 땅속으로 기어들어가더라도 난 야망을 버릴 수가 없다.

명지   아빠. 그 까짓 욕심 버려. 정치가 목숨하고 바꿀 가치 있는 거야?

달국   넌 사내의 세계를 모른다. 걱정 마라. 난 안 죽는다. 너를 위해서도 다 계획이 있다.

명지   무슨 계획?

달국   시내 빌딩을 기부해서 장학재단 만들기로 했다. 내가 이 세상에 온 흔적은 남겨야지. 그러니 너 학교 그만두고 이사장해라. 결혼 선물이다.

정수   (꾸벅 절하며) 장인어른 고맙습니다.

명지   난 안 할 거야. 마음 편하게 아빠가 이사장 하면 되잖아?

달국   아빤 아빠가 가야 할 길이 있다. 민 서방도 도울 거지?

정수   당연히 도와야지요.

명지   (놀라며) 오빠 이게 아니잖아?

달국   어허 남자 하는 일에 끼어들지 마라. 자네 안태호 안다고 했지?

정수   예. 안면은 있습니다.

달국   이거 자네 가족이라서 하는 말이네만 성우 편에 정치자
금 보냈거든. 모레 당에서 면접이 있는데 그전에 만나서
확답을 받아 오게.

정수   예. 분부대로 하겠습니다.

명지   오빠. 마음 바꾼 거야? 아빠 설득하기로 했잖아?

정수   장인어른께선 가야할 길이 있으시다잖아?

명지   오빠. 실망이야.

암전.

제12장

십여 일 후.

사무실에서 명지가 초조한 표정으로 명혜를 바라보며 그녀의 이야
기를 듣고 있다.

명혜 오후에 발표가 날 거야. 당에 지인을 통해 부탁을 해두
었으니 발표가 나기 전에 연락이 올 거야. 그리고 그 결
과에 따라 내가 이 일을 계속해야 할 것인지도 결판날
것이고. 헌데 중요한 순간에 성우는 어디 간 거야? 어제
저녁부터 연락이 안 되던데 외삼촌이랑 있는 거니?

명지 아니, 아버진 믿는 구석이 있는가 봐요. 기자회견 준비
마치고 사우나 가셨어.

명혜 그 자신감은 어디서 나온 거지? 돈의 위력을 믿는 건가?

명지 언니는 안 될 거라고 믿는 거지? 나도 그랬으면 좋겠어.
아버지의 만수무강을 위해서.

명혜 미안하지만 난 공달국 씨의 건강 따윈 관심 없어. 내 계
약의 지속을 위해선 의뢰자의 성공을 원하니까.

명지 언니. 헌데 왜 언니가 이 일을 맡았는지 몰라. 아빠와의
악연을 생각하면 언니는 결코 공달국 씨의 성공을 원치
않을 텐데?

명혜 맞아. 처음에 성우로부터 제안을 받았을 때 고민을 했어.

결코 우리 아버지를 죽음에 이르게 한 외삼촌의 성공을
도울 수는 없었지.

명지 고모부와 아빠 사이에 도대체 무슨 일이 있었던 거예요?

명혜 나도 엄마한테 들어서 알았어. 외삼촌이 무슨 사업을
하는데 자금이 부족하다고 우리 아빨 끌어들인 거야.
아버진 공무원이었는데 퇴직금을 몽땅 쏟아 놓고 처남
매부가 동업을 한 거지. 헌데 사업이 잘 안되게 되자
공달국 씨는 자기 투자금을 돌려 달라는 거야. 사업은
파산하게 되었는데. 외삼촌의 성화에 결국 아버진 받던
연금을 해지해서 투자금을 돌려주었고 공장은 파산했
지. 아버진 술로 날을 보내다 폐인이 되어 결국 목숨을
끊고 말았어.

명지 저런.

명혜 그것뿐이 아냐. 내가 결혼할 때 엄마가 공달국 씨 찾아
가 버스 한 대 내달랬더니 차는 맹물로 가는 거냐구 거
절한 일도 있어.

명지 언니. 그런 아빨 왜 도우려 한 거야. 돈 때문에?

명혜 아니. 공달국 씨는 선거를 치르면서 자신이 어떻게 살아
왔는지 되돌아보게 되었으면 했어. 말 없는 다수가 그의
과거를 기억하고 있다는 것을 알고 반성하기를 바랐지.
선거는 심판이야. 당선된다고 다 성공하는 것도 아니고.

명지 언니는 복수의 발톱을 숨긴 거군요?

명혜 (고개를 끄덕이며) 실패하면 그것으로 내 의도는 성공이고,

당선되더라도 공달국 씨 살아온 일생에 비춰보면 종국엔 사고 치고 세상의 조롱받으며 자멸하게 될 거야.

명지 언니, 무서운 사람이군요?

명혜 하지만 일이 중간에 틀어졌어. 내가 알았으면 막았을 텐데. 허나 우리 삶은 어디로 흐를지 아무도 몰라. 두고 봐야지. 끝이 좋아야 다 좋은 거니까.

명지 그게 무슨 말이에요?

명혜 나중에 알게 될 거야. (시계를 보며) 아마도 일이 잘못 된 것 같아. 이 시간까지 연락이 없는 것 보면.

민정수, 들어온다.

정수 분위기가 왜 이래? 소식을 벌써 들은 거야?

명혜 발표 났어요?

정수 예. 보도자료 신문사로 보내왔는데 후보자 명단에 아예 없어요.

명지 아 불쌍한 우리 아빠.

명혜 그나마 패가망신 당할 기회 놓쳐서 다행이군. 공달국 씨 같은 분은 정치에 나서면 안 돼.

정수 안태호라는 사람. 가짜예요.

명지 청와대 라인이라면서?

정수 안태호는 맞는데 동명이인이더라구. 예전부터 사칭하고 다니는 놈이 있대.

명지　그럼. 사기꾼한테 당한 거네?

정수　(끄덕이며) 조사해보니 사기 전과가 많아.

명혜　진짜가 왔어도 안 됐을 거예요. 정수 씨도 SNS에 떠도는
　　　　것 봤죠? 공달국 후보에 대한 안 좋은 평판이 널리 퍼졌
　　　　거든요.

정수　원래 선거란 그런 거 아닙니까? 발가벗을 용기가 없으면
　　　　나서지 말아야죠.

명지　무작정 고집을 피운 아빠가 미워.

명혜　이제 내 임무도 끝이야. 계약금은 우리 엄마 병원비로
　　　　잘 쓰고 있어. 우리 엄마 퇴원하면 찾아뵙겠다고 전해
　　　　줘. (가방을 들고 이동한다) 결혼 축하해요.

정수　예. 고맙습니다.

명지　언니, 죄송해요. 금명간 고모 병문안 갈게요.

정수　안녕히 가세요.

명혜　그래. 나중에 가벼운 마음으로 만나요. (나간다)

정수　명지야. 공성우 어디 있는지 알아?

명지　아니? 왜?

정수　가짜에게 주었다면 이건 배달 사고잖아?

명지　어쩜. 선경마트도 팔렸다는 소문 돌던데?

정수　마트까지? 그럼 이거 계획적이잖아?

명지　대형사고 터졌네. (휴대폰으로 전화를 건다)

정수　소용없어. 꺼졌어.

명지　(다시 다른 번호로 전화를 건다)

음악벨 소리가 들리더니 반질거리는 얼굴로 공달국 전화를 받으며
들어온다.

명지   (달려가 품에 안기며) 아빠. 불쌍한 우리 아빠.

암전.

제13장

거실. 장 국장은 무심한 표정으로 소파에 앉아 있고 달국이 게거품을 물며 분노하고 있다.

달국   아니 대명천지에 아비한테 자식이 사기를 치다니, 이럴 수가 있나? (핸드폰의 문자를 보이며) 이것 보라구. "죄송합니다. 반드시 성공해서 찾아뵙겠습니다." 달랑 문자 한 줄 남기고 중국으로 튀었다구. 마트까지 팔아치우고 말이야.

장국장   어쩌겠나. 이해하고 용서해야지.

달국   잘나가던 내 인생에 백태클 건 놈을 용서하라구?

장국장   그놈이 뉘 집 자식인데? 부자지간은 무한 책임이네. 백태클이 아니라 선수교체야. 아들의 미래에 대한 투자라 생각하게.

달국   내 앞길을 이렇게 짓뭉개 놓았는데도?

장국장   그것도 자네가 선택한 인생이야. 이웃은 자신의 뒷모습을 비춰주는 거울 아닌가? 그게 자네가 살아온 현재의 성적표라구.

달국   (자책하며) 아 공달국 꼴이 이게 뭐야? 아들한테 사기 당하고. 마누라와 이혼하고. 머리는 다 빠지고 키는 땅딸이가 되어버렸어.

장국장	그래도 여기서 멈춘 게 다행 아닌가? 가끔은 넘어져야 인생이 보이네.
달국	헌데 안태호는 어떻게 된 거야? 가짜인 걸 알면서 나한테 소개한 건가?
장국장	(고개를 저으며) 나도 속았어. 그를 데리고 온 게 성우였어. 어떻게 그와 연결되었는지 미심쩍어 하면서도 난 믿었어. 그놈이 진짜 안태호랑 얼굴이 너무 닮았잖은가?
달국	재단인가 뭔가 하는 것도 성우 짓이지?
장국장	아니야. 그건 다 계획이 있었네.
달국	계획? 내가 이렇게 될 줄 알았단 말인가? 나만 모른 거야? 그게 누구 계획이냐구?

금순, 여행 백을 들고 들어온다.

달국, 주눅이 들어 바로 쳐다보지 못한다.

금순	오랜만이우? 장 국장님도 오셨군요?
장국장	예. 어서 오세요.
달국	(혼자소리로) 제기럴.
금순	세상이 당신 뜻대로 호락호락하진 않다는 걸 이젠 아셨나요?
달국	누굴 약 올리러 왔나?
금순	좋은 약은 쓰다잖아요. 좋은 공부를 했지요?
달국	헌데 법원에 간다더니 마음 변했나?

금순	아뇨. 당신이 하는 거 보면서. 지금 같이 갈까요?
달국	아 아니야.
금순	이혼장은 내 손에 있으니 언제라도 집어넣을 수 있어요.
장국장	자네 황 여사에게 꼼짝없이 잡힌 목숨일세.
달국	빌어먹을 공달국 다 죽었다.
금순	터 알아보려고 지방 다녀왔어요.
달국	터라니?
금순	복지재단 만들 터 구입하고 왔지요?
달국	복지재단은 또 뭐야?
금순	당신 때문에 내 인생 돌아보는 기회도 됐어요. 남들 피고름 짜내고 욕먹으면서 모은 돈 가치 있게 써야지요. 오갈 데 없는 불쌍한 사람들 위해 복지시설 만들어 당신처럼 이사장 할래요.
장국장	(박수를 치며) 와. 제수 씨 참 장하십니다.
달국	내가 이사장? 명지가 아니고?
장국장	명지가 끝내 고사해서 이사장을 자네 이름으로 등기해 놓았네.
금순	현판식 준비는요?
장국장	이미 완료됐고 날짜만 잡으면 됩니다.
달국	그럼 이 모든 일을 당신이 계획했단 말이야?
금순	당신도 중국 갈 준비나 해요. 성우한테서 곧 개업식 초청장이 올 거예요.
달국	개업식? 정말 세상에 믿을 놈 하나 없네.

금순 거금을 공중에 뿌리는 것보단 아들 미래에 투자하는 게 백번 낫죠? 안 그래요 장 국장님.

장국장 그럼요. 자식은 우리 미래니까요.

금순 마트 처분도 내가 도와줬으니 억울해 할 것 하나도 없어요.

달국 작당해서 날 유령취급 하다니? 괘씸한 놈들.

장국장 너무 노여워 말게. 알고 보면 전화위복 아닌가? 이게 다 자네를 위한 것이니까.

명지 숨을 가쁘게 몰아쉬며 들어온다.

그녀의 배는 티가 날 만큼 불렀다.

명지 아빠. 아빠. 어 엄마도 있네? (장국장을 보고) 안녕하세요? 아이고 숨차.

금순 무슨 일인데 호들갑이냐? 애 생각해서 조심해야지.

명지 정수 오빠가. (길게 숨을 내쉰다)

달국 민 서방이 왜? 사고라도 당한 거냐?

명지 그게 아니고 청와대 가게 됐어?

장국장 그럼 출입처가 다시 청와대야?

명지 청와대 언론담당 행정관으로 내정되었다구요.

달국 청와대 행정관?

금순 아이고 이런 경사가. (명지를 안고 덩실덩실 춤을 추듯) 우리 민 서방 최고네. 아이고 좋아라.

명지	엄마, 배가 배가. 아기 놀라겠어.
금순	(떨어지며) 어머나 괜찮니? 하도 좋아서.
장국장	내 이럴 줄 알았지. 자네 정말 능력 있는 사위 돼서 좋겠네.
달국	가만있어 봐, 이러면 사위 빽 믿고 다시 도전해야 하는 것 아냐?
명지	아빠?
금순	아직 정신 못 차렸어요? 제발 좀 나대지 마세요.
달국	(무안해 하며 머리를 긁다가) 어? 이거 웬일이지?
명지	(가까이 와서) 아빠 왜 그래?
달국	(손가락으로 감촉을 느끼며) 머리털이 났어. 여기 좀 봐.
명지	(살피고 놀라며) 어 정말이네. 하나가 아니고 여러 개가 올라오고 있어.
금순	머리카락이 없으면 어때. 그래봐야 공달국이지.
장국장	자네 회춘하는구만. 축하하네.
달국	그래 그래. 여보 오늘 저녁은 민 서방 불러서 축하 파티라도 합시다.
금순	당신, 낙선 파티가 아니고?
달국	이 사람이. 정말?

일동 웃는데 암전.

제14장

빌딩 앞 현판식.

빌딩 앞에 전 출연진과 스텝들이 모여 있다.

누군가의 호령에 맞춰 가슴에 꽃을 단 달국과 황금순, 장 국장과 공명지가 끈을 잡아당기면 하얀 천이 떨어지면서 '재단법인 달국언론재단'이라는 현판이 드러난다.

카메라 플래시가 터지고 박수가 쏟아진다.

현판을 중심으로 모든 출연진이 의자에 앉고 뒤에 둘러서서 기념사진을 촬영한다.

정혜 꽃다발 들고 나타나자 반갑게 맞이하고 사진 촬영에 참여한다.

촬영이 끝나면 모두 환호하며 박수를 친다.

막.

한국 희곡 명작선 44

내 인생에 백태클

초판 1쇄 인쇄일   2021년 1월 10일
초판 1쇄 발행일   2021년 1월 20일

지 은 이   강 준
만 든 이   이정옥
만 든 곳   평민사
          서울시 은평구 수색로 340 〈202호〉
          전화 : 02) 375-8571
          팩스 : 02) 375-8573
          http://blog.naver.com/pyung1976
          이메일   pyung1976@naver.com
등록번호   25100-2015-000102호
ISBN   978-89-7115-742-8 03800
          978-89-7115-663-6 (set)
정   가   7,000원